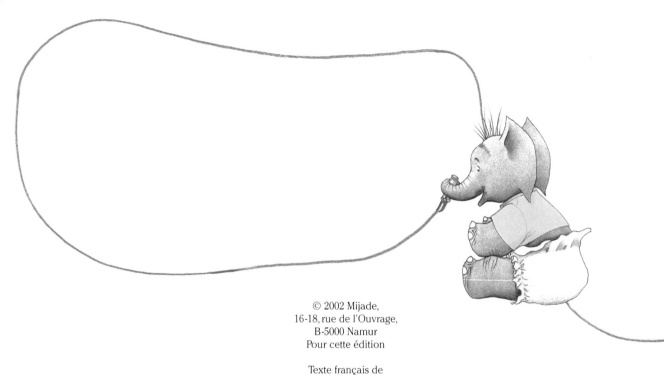

© 2002 Mijade,
16-18, rue de l'Ouvrage,
B-5000 Namur
Pour cette édition

Texte français de
Jacqueline Kerguéno

© 1988 Editions du Centurion
pour la première édition française

© 1987 Jill Murphy
Titre original : All in one piece
Walker Books (London)

ISBN 2-87142-348-2
D/2002/3712/30

Imprimé en Belgique

Jill Murphy

Madame Trompette
sort ce soir

Mijade

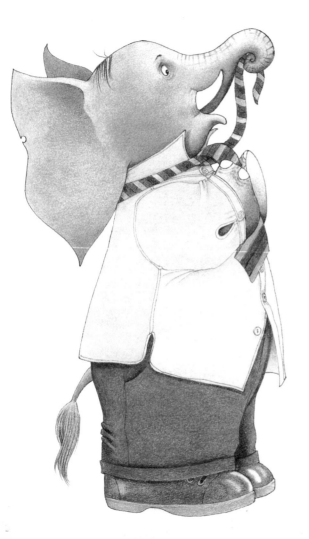

Ce matin, Madame Trompette
aimerait bien dormir encore un peu.
Mais les enfants sont réveillés
et ils préfèrent jouer dans le grand lit.
Monsieur Trompette
se prépare pour aller travailler.
Il dit à Madame Trompette :

« Chérie, n'oublie pas que ce soir
nous sommes invités à un dîner-dansant
avec les gens de mon bureau. »
« Bien sûr, chéri »,
répond Madame Trompette,
« je n'arrête pas d'y penser
depuis des semaines. »

Pendant le petit déjeuner, Félix demande :
« Est-ce que les enfants peuvent y aller
au dîner-dansant du bureau de papa ? »
« Non », répond Madame Trompette,
« c'est beaucoup trop tard pour des petits enfants. »
« Et qui va garder le bébé Valentine
quand vous serez partis ? » demande Séraphin le câlin.
« C'est grand-mère qui viendra s'occuper de vous »,
dit Madame Trompette. « Comme ça tout ira bien. »

Grand-mère arrive à la fin de l'après-midi.
Les enfants ont déjà pris leur bain
et ils ont mis leur pyjama.
Grand-mère leur apporte une boîte de peinture
pour les occuper. Elle dit :
«Nous allons passer une bonne soirée.»
Pendant ce temps-là, Monsieur et Madame Trompette
vont à la salle de bain pour se préparer.

Pendant que Monsieur Trompette se rase,
Séraphin se glisse dans la salle de bain.
Il demande : « Il faudra que je me rase moi aussi
quand je serai grand ? »
Et il se barbouille la trompe avec de la mousse à raser.
« Pousse-toi », dit Monsieur Trompette.
« Tu vas tacher mon beau pantalon avec cette mousse. »

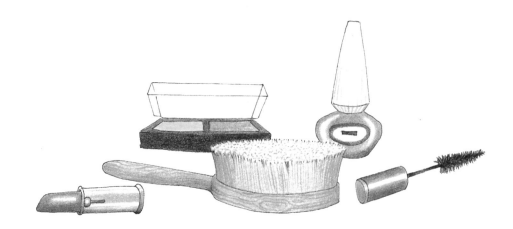

Dans la chambre de Monsieur et Madame Trompette,
le bébé Valentine grimpe sur le tabouret.
Elle adore se mettre des couleurs sur le nez
et les yeux et la trompe.
Madame Trompette est très occupée à se coiffer.
Elle ne regarde pas ce que fait Valentine.

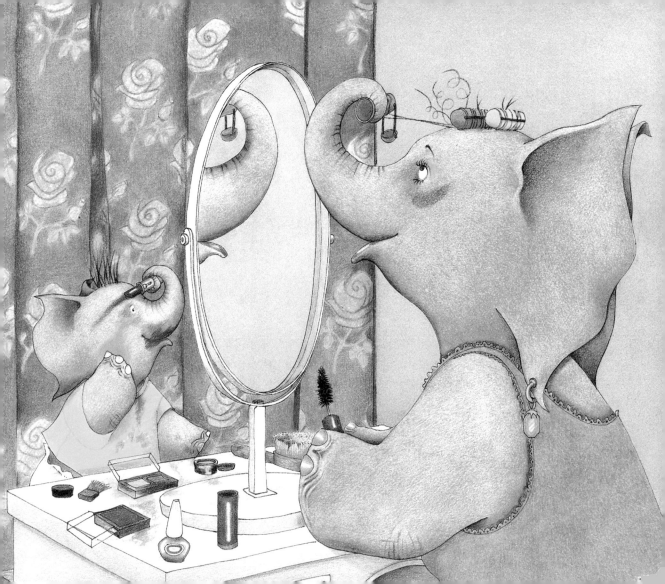

«Regarde…beau!» dit le bébé.
«Ne bouge pas, ne touche à rien!» s'écrie Madame Trompette.
Et elle court chercher des mouchoirs en papier
pour nettoyer Valentine.
Quand Madame Trompette sort de sa chambre,
elle se retient pour ne pas crier en voyant ce qui se passe.
Elle dit d'une voix sévère : «Lola, rends-moi mes chaussures!
Félix, mon collant n'est pas un sac à jouets !»

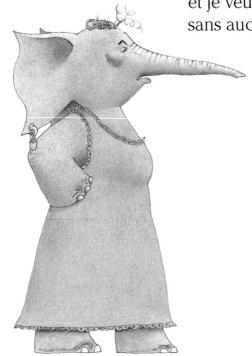

«Allez tout de suite dans votre chambre!»
Cette fois, Madame Trompette crie un peu:
«Pour une fois, je veux passer une bonne soirée.
Une soirée où je ne serai pas pleine de colle,
de peinture ou de confiture.
Je vais aller mettre ma robe neuve,
et je veux pouvoir sortir avec papa,
sans aucun problème. Vous avez compris?

Pas un seul problème.»

Les enfants baissent la tête
et ils vont dans leur chambre sans rien dire.
Quelques minutes plus tard,
Monsieur Trompette arrive,
très élégant dans son beau costume.
Enfin Madame Trompette fait son entrée,
en disant :

« Est-ce que vous me trouvez belle ? »

«Oh la la!» s'exclament les enfants.
«Tu es belle comme une fée, comme une reine…»
«Vraiment merveilleuse!» dit Monsieur Trompette.
«Tu as l'air d'une actrice de cinéma», dit grand-mère.

Les enfants se précipitent
vers Madame Trompette pour l'embrasser.

«Attention! Ne touchez pas à ma robe
avec vos doigts pleins de peinture.»
Elle recule, elle recule…

et se laisse tomber
sur une petite table basse,
en souriant de se sentir si belle.

Cette fois, Monsieur et Madame Trompette
sont prêts pour le dîner-dansant.
«Bonsoir tout le monde», dit Madame Trompette.
«Soyez bien sages!» dit Monsieur Trompette.
Le bébé Valentine commence à pleurer.
«Partez vite», dit grand-mère,
en prenant Valentine dans ses bras.
«Elle s'arrêtera de pleurer
aussitôt que vous aurez refermé la porte.
Amusez-vous bien!»

Monsieur Trompette ferme la porte.
« Ouf, on a quand même réussi à partir. »
« Sans un seul problème ! » dit Madame Trompette.
Elle ajoute en riant :
« Et sans la moindre tache de peinture sur nos vêtements de soirée. »
Monsieur Trompette a envie d'être charmant.
Il dit tendrement :
« Même s'ils t'avaient mis de la peinture partout,
tu serais encore la plus belle. »

Monsieur Trompette a tout à fait raison…
Et il ne croit pas si bien dire!